더 이상 무엇이 필요하겠습니까

하늘에는
별

땅에는
꽃

내게는
그대

바람꽃

태어나서 처음으로
언 땅을 뚫고 올라와
눈부시도록
새하얀 자태로 피어 있는
바람꽃을 보았다
너와 함께 보지 못했으므로
정말 본 것은
아니라는 생각이 들었다

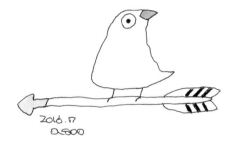

2016. 17
oisoo

아인슈타인께

왜

사랑의 원리는 $E=mc^2$ 처럼

간단한 공식으로 정리해 놓지 않으셨나요

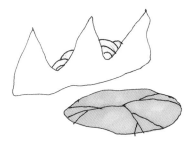

2016. 17
이 수 00

가시

손톱 밑에
쓰라린
가시 박히니
이제야
알겠다
그래
사랑이
바로 이 맛이었어

2010. 11
oisoo

악몽

그대가
자살했다는 소식 들었습니다
너무 슬퍼서
소리 죽여
나지막이 울었습니다
그런데
내 울음소리를 듣고
잠에서 깨어나
꿈이라는 사실을 알았습니다
아아 씨바
이번에는
안심하고
소리 내어 울었습니다

2010.07
MSOD

변명

그대가 가끔 커피숍에 들러
아이스아메리카노를 즐겨 마신다는 사실을
오래전부터 저는 알고 있었습니다
우연의 일치겠지만
저도 아이스아메리카노를 즐겨 마십니다
하지만 공교롭게도
제가 살고 있던 동네에는
이제 커피 전문점이 전무합니다
딱 한 군데 있기는 했지만
두 주일 전에
장사가 안 된다는 이유로
문을 닫고 말았습니다
그래서 부득이 저는 그대가 살고 있는 동네로
이사를 하기로 결심했습니다
단지 아이스아메리카노 때문입니다
다른 이유가 있다고는 생각지 말아 주세요

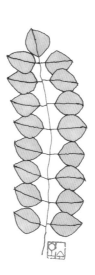

예감

바람이 분다
은백양나무 숲
새하얀
이파리들
일제히 눈부시게
나부낀다
문득 오늘쯤
그대를 만날지도 모른다는
예감

풀꽃

그대
먼 전생
시간의 깊은 강을
건너고 건너
첩첩산중 외진 길섶
깨알같이
작은 풀꽃으로
피어 계신다고
제가
못 알아볼 줄 아셨습니까

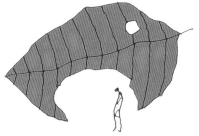

2016.60
0400

낙엽

사랑해
딱 세 글자만
적어 줄테니
전생
대못 박히는 아픔으로
버리고 온
내
애인
울다 잠든
눈썹 언저리
따스한
늘빛 안부
한 잎으로
살포시
내려앉기만 해 다오

낮달

구름 한 점 없는
가을하늘

낮달 하나
산골 개울물에
담갔다 건져낸 거울이구나

더도 말고
덜도 말고
딱
엄지손톱만큼만
떼어내

아직
사랑한다고
고백하지 못한
그대

새하얀 목에다
걸어 주고 싶구나

오이풀

실낱같은
바람에도
그리움 하나로
흔들립니다

상처를 받으면
온몸으로
발산하는 오이 냄새
보잘것없는
내 영혼
소진할 때까지

오이꽃 닮은
작고 예쁜
여자 하나
가슴 조이며
짝사랑한 죄입니다

1월 1일

오늘은
1월 1일
한 번도 쓰지 않은
새하얀
3백 6십 5일을
하나님으로부터
새로 지급받았습니다

그대 생각 하나로
눈물겨운 낱말들
소망과 믿음과 사랑으로
일기장 갈피마다
파종하고
흐린 세상
비틀거리는
젊음
언젠가는
가득히
만발하는 복사꽃

찬란한 햇살 속으로
합창처럼
합창처럼
아름답게 쏟아지는
그날만 기다리겠습니다

함박눈

서른 살
청상과부
새하얀
옷고름 풀고
내 귓전
간지러운 입김으로
속삭이는 소리
밤이 깊었어요
밤이 깊었어요

2010.7 O800

갈대밭

세찬
강바람에
속수무책 어지럽게
흔들리는
갈대밭
문득
네 이름만 떠올려도
내 가슴
산발한 머리채로
아우성치며
흔들리는
갈대밭이 되더라

배려

화천군 상서면
다목리
감성마을에는
계곡이
하나 있습니다

가을
달 밝은 밤이면
낭랑한 목청으로
새도록
금강경을
암송하는 소리

하지만
계곡 언저리
풀숲
풀벌레들이
짝을 부르는 소리
들리기 시작하면

계곡은 갑자기
금강경 암송을
뚝
멈추어 버립니다

풀벌레들이
짝을 부르는 소리에
신경이
거슬려서가 아니라

풀벌레들이
짝을 부르는 소리
더 멀리까지
갈 수 있도록

일부러
금강경 암송을
뚝
멈추어 주는 겁니다

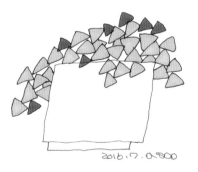

2016.17. 0500

노린재

이 세상 꽃들이
아무리 예쁘다 해도
저는 일찍이
그대보다 예쁜 꽃은
본 적이 없다는 말
한평생
고백하지 못하고
죽을지도 모릅니다
죽어서도
꽃으로는 태어나지 못하고
차라리
냄새 고약한 노린재나 되어서
그대 손등이나 팔뚝
고약한 냄새로
제 존재를 알리려다
비명을 지르는
그대
발밑에서
잔혹하게 짓밟혀
으스러지고 싶습니다

안개꽃

한겨울
그대 새벽기도 가는 길에
나지막히 부른 찬송가
그때 뿜어져 나온 입김을 모아
하나님께서
안개꽃을 만들지 않으셨을까

연鳶

사랑하는 이가
얼마나
멀리 있기에
눈 시린 하늘 언저리
저토록 높이 날아서
저물도록
그리움으로
흔들리고 있을까요

고백

누에는
번데기 시절
캄캄한 고치 속에 갇혀
절대고독을 견딥니다
그 대가로
고치는 은빛 명주실이 되고
은빛 명주실은
아름다운 비단옷이 됩니다

젊은 날
저도
상당한 기간
현실이라는 이름의 캄캄한 감옥
고치 속에
갇혀서 살았습니다
하지만 제기랄
제가 갇혀 살았던
젊은 날의 고치는
은빛 명주실도 되지 못했고

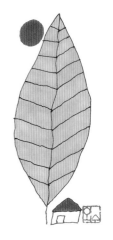

아름다운 비단옷도 되지 못했습니다

고작
흰 종이 위에
사랑합니다
그대를 위해
부끄럽고
흔해 빠진
여섯 음절을 뽑는 데만
무려 석 달이나 걸렸습니다
그리고 다시 석 달이 지났지만
아직 대답을 받아내지는 못했습니다

2010.8. 이영주

어느 날 불현듯

아침나절
떠오른
노래 한 소절
하루 종일
반복해서
입가에
맴돌 때가 있습니다
사랑도
마찬가지입니다
잡다하고 분주한
시간의 배면
그대 이름
한동안
지워진 듯
잠복해 있다가
어느 날 불현듯
선명하게
되살아나서
하루 종일
기억 속에
맴돌 때가 있습니다

데자뷰

창밖에서
누군가 걸어오는
발자국 소리
창문을 열었지만
아무도 없고
갑자기 높아지는
빗소리
언제였던가
폐병 앓던 젊은 날
목숨같이
각혈같이
때로는
유랑극단 신파같이
사랑했건만
잔인하면서도
아름답던
방황의 종말
거기
1980년대

골목 어귀로
가난한 시인 하나
고개를 깊이 떨군 채
영화의 한 장면처럼
쓸쓸히
사라지는 뒷모습

2016. 7
0300

죽을 때는 죽더라도

사랑을 하면
언제나
내가 먼저
버림받게 될 거라는 예감

하필이면
북풍한설 몰아치는
엄동설한
내가 사랑했던 여자는
어쩌다
다른 남자가 생겼다고
얼음장처럼
냉랭한 목소리로
결별을 선언하고
그래
누구의 인생이든 삼류
통속소설이지

하나님은 절대로

공평하지 않다는
믿음과
아리랑 아리랑 아라리요
아리랑 고개로 넘어간다
나를 버리고 떠나는 님은
제발
십 리도 못 가서
발병 나라는
소망과
결국
너덜너덜 걸레가 되어 버린
사랑

그중에 제일은
사랑이라고 말하지 말자

얼마나 많은 날들을
빈속에 깡소주를 마시며
누더기 폐인으로
떠돌아야 했던가
마침내 당도한 낯선 마을
굶주림과
외로움과

무력감에
절어서
결국
얼어 죽고야 말 거라는 예감

그런 예감에
치를 떨면서도
뻑 하면 목구멍을 넘어오는
만고불변의 진리
제기랄
동서고금에
어느 놈이 죽지 않고
영생하더냐
하지만
죽을 때는 죽더라도
한평생 흙수저
개털로만 살아온 인생
그놈의 사랑이나
실컷 해 보고
죽었으면 좋겠네

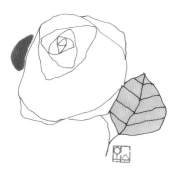

편지

이제는
단념해야겠다
차마 부치지 못한
편지들
모두 찢어서
흐르는 강물에 뿌렸더니
그대에게
닿지 못한 낱말들
서럽고 진실한 것들만
하늘로 가서
지금은
새하얀 함박눈으로
자욱하게
쏟아지고 있구나

2016.7
ONE800

진달래

이른 봄
양지바른
산비탈
잡목들 사이로
눈 시린
햇빛 한 숟갈
산노루
피맺힌
울음 한 모금

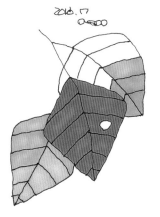

단풍

저 미친년
불타는 화냥기 좀 봐

실종시대

들리는 모든 노래가
그대를 생각나게 만들고
보이는 모든 꽃들이
그대를 생각나게 만든다
새로 발견한 칼국수집
기발한 휴지통
거리에서 우연히 만난 연예인
주인에게 버림받은 고양이
불쌍한 행려병자
심지어는
교통사고와 불량배들
이 세상에
그대를 생각나지 않게 만드는 것은
아무것도 없다
하지만 어쩌란 말이냐
대체로 내가 살고 있는 세상은
어둡고
대체로 내가 바라보는 미래는
암울하다

사랑은 어둠 속에서
자주 흔들리는 촛불
가느다란 바람에도
위태롭다
세상은 온통 그대로 가득 차 있으나
어디를 둘러보아도
그대는 없다

2010.7.
a800.

아주 잠깐 동안

어느 날 그대
우산도 없이
혼자 걷고 있을 때
나도 아주 잠깐 동안
소리 없는 이슬비로 내려서
그대
한쪽 어깨라도
흠씬 적셔 줄 수 있다면
그 기억 하나만으로도
나는
한평생 비를 기다리지 않고
살아갈 수 있겠네

치맥

전화로 치킨과 맥주를 주문하고
나는
약간 화난 목소리로
내게 물었네
그대도 곁에 없는데
무슨 맛으로 치킨을 먹겠느냐고
이 세상 맛있는 음식들은 모두
혼자 먹으라고 만든 음식들이 아니라네

유행가

아무리 가방끈 길다고
허세를 떨어도
세계적인 석학이나
성인군자의 가르침
공식이나 법칙이나
모두 개뿔이고
사랑의 상처나
이별의 아픔을 겪고 나면
누구나 알게 되지
쓸쓸히
거리를 혼자 걷고 있을 때
문득
가슴을 후벼 파는
유행가 한 소절
도대체 무슨 진리가
그토록 감동을 줄 수 있단 말인가

종묘사

사다가 파종하면
싹이 돋아나고
잎이 피어나고
계절이 바뀌면
눈부신
꽃이 피어나기도 하고
벌나비가 날아들기도 하고
바람이 불면
안타까이
꽃이 지기도 하고
벌나비가 자취를 감추기도 하고
하지만
안타까이 꽃이 진
바로 그 자리
탐스럽고 향기로운 시詩가
주렁주렁 열리기도 하는
그래서
내 사랑 그대
한 알의 시를 조심스럽게 따서

한 입만 가벼이 베어 물어도

모든 세포들이 놀빛에 물들어 버리는

그런

문자의 씨앗을 파는

종묘사

어디 없을까요

가로등

죽어서
그대 집 앞
밤길 환하게 밝히는
가로등이 된다면
어떤 기분일까
하지만
어느 날 그대가
다른 남자를 만나
늦은 귀가길
그 밑에서
키스라도 하는 장면을
목격하게 된다면
아
빌어먹을,
그리 흔치는 않지만
골목길
가로등 전구가
갑자기
뻑

하는 소리를 발하며
파열해 버리는 이유를
이제야 알겠네

봄

온 세상에
봄이 온다고 해도
내 가슴에
꽃이 피지 않는 한
아직
진정한 봄은 아니라고
늘 말하곤 했었지요
하지만
내 가슴에 그대라는
꽃 한 송이
날마다
눈부시게 피어 있는데
저는 아직도 세상이
왜 이리
추울까요

2016.17
0800

아무에게도 말하지 않았다

폭설이 쏟아진다
여기는
강원도 화천군 상서면 다목리
첩첩산중
폭설 속으로
폭설 속으로
흑백영화의 한 장면처럼
흐린 풍경들이
떠내려간다
사방이 고요하다
눈보라 속에서
일순
그대가 이쪽으로
걸어오는 모습이
환영처럼 나타났다
사라진다
내가
하루에 한 번씩 이런 식으로
미친다는 사실을
아직
아무에게도 말하지 않았다

곱하기

사랑의 하나님
요한계시록을 보면
천당에 갈 사람의 숫자가
14만 4천 명이라고 명기되어 있습니다
하지만
인류사 이래로
태어나서 거짓말 한 번 못해 보고
죽은 아기들이나
한평생을
마냥 착하게만 살다 죽은 사람들이나
오로지 예수님의 가르침만
전파하다 죽은 순교자들
아무 이익도 바라지 않고
남에게 베푸는 기쁨 하나만 간직한 채
살아가는 사람들
모두 합하면
몇 명이나 될까요
이들을 모두 합하면
14만 4천밖에 안 될까요

남의 아픔도 나의 아픔으로 받아들이고
남의 기쁨도 나의 기쁨으로 받아들이면서
한평생 남을 위해 희생하고 봉사하면서
살아온 사람들도
부지기순데
사랑의 하나님
원수를 사랑하라 가르치시고
우리 죄를 사하여 주실 목적으로
독생자 예수까지 이 세상에 보내 주신
아버지 하나님
그래도 14만 4천 명은 너무 인색하십니다
14만 4천
거기다 곱하기 사랑
하면,
얼마나 더 늘어날 수 있나요

2016. 7
이요

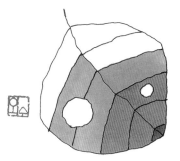

불가항력

어느 쪽으로
바람이 불어도
나는
그대 있는 쪽으로
날아가는
가랑잎 한 장

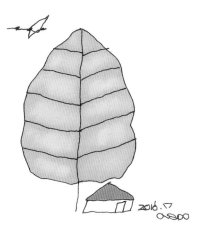

2016. ▽

4월

화천은 봄이 와서
냇물 우렁우렁 설레는 마을
양지바른 비탈마다
산벚꽃 와자지껄 터지는 소리
나를 버리고 떠나는 님은
십 리도 못 가서 발병 나거라
오지도 않은 사랑에
가슴 먼저 저리는 4월

명자꽃

얼마나 짙은
그리움이면
너같이
피보다 처절한 빛깔로
피어나
절규할 수 있느냐
명자꽃

2018. 8
이영아

사랑예감

세상 사람 모두가
언젠가는
저무는 언덕에 올라
텅 빈 마음으로
놀빛 세상을
바라보는 날이 있으리니
그때는
하늘도 끝없이 깊고
바다도 끝없이 깊어
그저 실낱같은 바람이든
흩날리는 낙엽이든
곁에만 있어도 모두가
사랑인 줄 알게 되리

봄. 표류기

사랑아
내 시간의 언저리
속삭이는 소리로
비가 내린다

시간은 젖으면 조금씩
기억을 선명하게 만드는
미농지
그 배면으로 떠내려가는
음표들

기어이
아픔까지 되살아난다

어떤 말로도
위로가 되지 않는
이별 뒤의 공허
그 속으로 함몰하는
저물녘 풍경들

사랑아
오늘도 나는
2016년대의 봄날 어디쯤을
실종된 채로
쓸쓸히
표류하고 있다

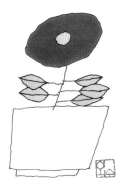

장대비

그대에게
버림받았다는 생각이 들 때마다
장대비가 쏟아진다
하지만 내 온 생애에
비가 내리지는 않겠지
언젠가는 햇빛 화창한 날도
돌아오겠지
그때 내가 널어 말려야 할 일기장은
도대체 몇 페이지나 될까
어쩌면
내가 살고 있는 나라 전체를 뒤덮고도
남을 분량
하지만 그대와 나란히 햇빛 속을 거닐며
그것을 읽을 날은
영영 오지 않을지도 모른다는 생각 때문에
더욱 높아지는 장대비 소리

2016. ㄷ
예술

등불

이 세상 꽃들은 대낮인데도 모두
환하게 등불을 켜고 서 있습니다
가급적이면
당신을 잘 보이게 만들기 위해서

불면증

밤새도록 내리는 장맛비 소리. 모두 어디로 떠나 버린 것일까요. 이제 지구는 텅 비어 있습니다. 그토록 쓰라린 진실로 남아 있던 기억의 편린들. 장맛비 소리에 잘게 분쇄되어 망각의 강물 저편으로 떠내려가고 있습니다. 돌아보니 허망한 칠십 평생, 사랑에도 실패했고 인생에도 실패했습니다. 남아 있는 것은 47킬로그램의 고독 한 덩어리. 계속되는 장맛비에도 매몰되지 않은 채로 밤새도록 불면증을 앓고 있습니다.

2016.17

가을하늘

눈이 시릴 정도로
새파란 하늘
딱 A4 한 장 크기로 오린 다음
보고 싶다라고 써서
그대에게 보내고 싶어

빈 하늘에 詩를 쓰다

이제야 알겠네
내가 사랑하는 이름들은 모두
뭉게구름
잠시 머물러 있기는 하지만
아름다운 모습 그대로 오래도록
내 곁에 남아 있지는 않네
빈혈로 비틀거리던
젊은 날의 기억들은
지금쯤 어느 바다에 이르러
새하얀 물보라로 흩날리고 있을까
결국은 정처 없이
떠도는 영혼
잠깐 한눈을 파는 사이
종적이 묘연해지는
주소 불명의 사랑
아름다운 이름들은 모두
가슴에 선명한 문신으로 새겨져
끝내 아프지만
부질없었네

떠나가는 모든 것들은 구름이었네
사랑하는 모든 것들도 구름이었네
오직 나 하나
텅 빈 하늘로 머물러 있을 뿐
사랑하는 이여
이제는 그대를 지우려 하네
그대와 함께한 시간들은 모두
전생
그리고 아름다운 꿈결이었네

벽

제게 이마를 기대고 밤새도록 우서도 괜찮습니다

2010.10

선잠결

먼 시간의 벌판
절름거리며
걸어와
머리맡
젖은 시 한 줄로
머무는 빗소리

발기부전

젊었을 때
사랑도 밥도
굶은 죄밖에 없는데
그게 무슨
큰 죄라고
이제와서
고개조차 들지를 못하느냐

1판 1쇄 발행 2016. 12. 26. | 1판 2쇄 발행 2017. 1. 9. | **지은이** 이외수 | **발행인** 김
강유 | **편집** 김상영 | **디자인** 이경희·이은혜 | **발행처** 김영사 | **등록** 1979년 5월 17
일(제406–2003–036호) | **주소** 경기도 파주시 문발로 197(문발동) 우편번호 10881
| **전화** 마케팅부 031)955–3100, 편집부 031)955–3250 | **팩스** 031)955–3111 | 값
은 뒤표지에 있습니다. ISBN 978–89–349–7678–3 03810 | **독자 의견 전화**
031)955–3200 | **홈페이지** www.gimmyoung.com | **카페** cafe.naver.com/
gimmyoung | **페이스북** facebook.com/gybooks | **이메일** bestbook@
gimmyoung.com | 좋은 독자가 좋은 책을 만듭니다. 김영사는 독자 여러분의 의
견에 항상 귀 기울이고 있습니다. | 이 도서의 국립중앙도서관 출판시도서목록
(CIP)은 서지정보유통지원시스템 홈페이지(http://seoji.nl.go.kr)와 국가자료공동목
록시스템(http://www. nl.go.kr/kolisnet)에서 이용하실 수 있습니다.(CIP제어번호 :
CIP2016029639)